낮은 것이 길이다

낮은 것이 길이다

—

초판 1쇄 2017년 1월 5일
지은이 김선희
펴낸이 김영재
펴낸곳 책만드는집

—

주소 서울 마포구 양화로3길 99 4층 (04022)
전화 3142-1585·6
팩스 336-8908
전자우편 chaekjip@naver.com
출판등록 1994년 1월 13일 제10-927호
ⓒ 김선희, 2017

—

—

ISBN 978-89-7944-590-9 (04810)
ISBN 978-89-7944-354-7 (세트)

책 만 드 는 집　시인선089

낮은 것이 길이다

김선희 시집

책만드는집

살아가면서 믿음과 사랑이 엷어져 갈 때
"베로니카는 수녀원에 들어오면…."
저 같은 사람이… 안 되지요.
찬란했던 20대에 들었던 수녀님의 말씀이 떠오릅니다.

이제는 숨 쉬는 것도 그분과 합일이 된다고 느끼는
나이
혼미한 시대에 먼 길을 선하게 갈 수 있는 꽃길을 만
들고
내어주는 삶을 살아야지 하는 마음을 기도로 청합니다.

"두려워하지 마라 나는 너의 방패다"(창세 15, 1)라는
성경 말씀을 삶의 두루마리로 두르고 살면서
아침에 눈뜨면 시작되는 그분께 대한 나의 사랑을

미완의 기도이지만 용기를 내어 또 하나의 시집으로 묶습니다.

\- 2017년 새해

김선희

| 차례 |

2부

3부

4부

5부

1부

낮은 것이 길이다

길옆의 길 무시하고
종횡무진 누빈 시간

길 위로 뻗은 길들
하나둘 철거되자

하늘도
숨통을 튼다
낮은 것이 길이다

밑줄

반쯤 물어 올린 꽃잎 한 장 띄워놓고

기쁨이란 나눠주는 것 소중한 그 한마디

초저녁 남빛 하늘에 밑줄 긋는 초승달

해바라기

스무 살 내 가슴에
꽂혀버린 해바라기

노란 집 계단에서 본
빈센트 반 고흐 그림

평생을
올려다본 시詩,
내 얼굴도 노랗다

거울 속으로

자신이 누구인지
낯설고도 낯선 날

이스트에 빵 부풀듯
발효되는 궁금증이

마음속
분신을 꺼낸다
너와 내가 다르다

빛 혹은 그림자

물거울에 반사되어 대칭을 이룬 그림

위아래 꽃잎 중에 어디가 진짜일까

앎이란
눈에 보이는 게
허상임을 깨닫는 일

기억이란 지우개처럼 닳아지기 마련이라

사라져버리고 말 우리들 이 순간을

헛되다
말하지 않는
빛 혹은 그림자

섬김 하는 나 되기를

늙은 어부 베드로가
자기를 바쳐 실현했듯

나의 주님께 나를 바쳐
사랑의 힘이 되기를

형제와 자매들께도
섬김 하는 나 되기를

부활을 꿈꾸다

외고집 흙빛 숨결
아호마저 '옹기'라서

민중의 산소였던
질그릇 김 추기경

부활을
꿈꾸는 아침
옹기마을서 뵙는다

비움에 대하여

- 부활절에

가난도 배부름도
내색 않는 신의 사랑

무덤을 비워놓은
그 뜻을 이제 안다

안 봐도
길이 보이는
믿음이란 그런 것

처음도 끝도 없이
시작되는 사랑의 힘

펼칠 때 힘보다는
움켜쥘 때 힘이 세

비워야

나눔인 것을
손을 보고 깨닫는다

봉쇄를 풀다

사제관 담장가에
줄장미 넘실거린다

발자국 소리도 없이
천진스레 기어올라

유유히 봉쇄를 푼다
방벽이 무방비다

안쓰러운 고백

명품 백에 명품 옷에
아직은 먼저 눈이 가요

조자룡 긴 칼 쓰듯
멋 내기에 힘을 쓰죠

그래도 회개하면서
다시 또 기도합니다

봄밤에

라일락나무 아래
누워 있는 도둑고양이

꽃 지는 소리 따라
수군수군 밤이 온다

어둠 속
꽃 그림자만큼
찍혀 있는 발자국

앉은뱅이꽃

기울어진 모퉁이에 노랗게 숨어 피었다

어머니는 나 닮았네, 주저앉아 말하신다

걸어선 갈 수가 없어 날아가는 민들레

꽃무릇 독백

너무나 먼 그대를
품어 안은 밤입니다

목을 길게 빼어 물고
아니, 몇은 휘어져서

감춘 맘 어쩌지 못해
비껴 피고 비껴 집니다

2부

점다點茶를 하다

탕관으로 모여드는 자근자근 저 빗소리

다완 한복판에 무심 세계 펼쳐지자

생각도
초록 언저리
우려지는 이 저녁

가을 산

헛것들이 타고 있다
할 말들이 뛰쳐나갔다

생각의 가지들이
머리채를 휘어잡자

라디오
주파수 엉키듯
잡음으로 지는 낙엽

뜬소문

도랑물 건너다가 옷자락에 묻은 얼룩

씻으려니 더 번지네 우리네 소문처럼

늘어난 얼룩무늬들 사고팔기 바쁘다

11월

축제 뒤의 빈 잔처럼 해말간 하늘 아래

제 빛깔을 쏟고 있는 나무와 풀잎들이

중년을 알려주는가, 가벼워지는 몸피

하루

양지바른 서편 벤치 달팽이가 기어간다

그 곁에 독거노인 하품이 늘어지고

해거름 바삐 가는데 느릿느릿 우아하게

비수

생각 없이 주고받던 말들이 칼날이다

바람의 목덜미를 휘감으며 그어대는

아뿔싸, 누구 가슴에 핏물이 배어드나

그믐달

질경이 새순 찾아 배회하던 논둑길
길 따라 걷고 걸으며 서울 갈 꿈 키웠지
봄나물 한 바구니가 생각까지 더해주고

반나절 뜯어 온 나물 맛나게 무쳐놓고
남동생만 먹으라며 딸들은 제쳐놓아
엄마는 남동생만 예뻐한다 속상했던 어릴 적

외할머니 아들 사랑에 속앓이한 어머니
흉보면서 닮나 보다 웃으면서 말하네
서운함 다 지나간 뒤 슬몃 뜨는 그믐달

기다린다는 것

마당 지나 빈집 같은 먼지 쌓인 대청마루

어리광 부리듯 엄마 부르는 소리에

헐렁한
파마머리를
갈퀴질하며 나서는 이

봄이 와도 겨울 같은 계절만이 서성대고

영역 다툼에 밀려버린 마당가 잡초처럼

말없이
닳은 무릎을
쓰다듬는 어머니

콜라텍 풍경

입에도 맞지 않는 콜라 한 잔 앞에 놓고
통유리 공간에서 불안을 잠재우면
샘솟는 호기심으로 생략되는 기다림

햇살 부신 창밖엔 초록 물결 찰랑대고
싱크대를 훑던 손이 루주를 다시 바른다
출하된 생선들처럼 퍼덕이는 입술들

다정하게 공대하는 알바생 목소리가
아이스크림 하나 더, 주문을 끌어내는
계산된 상술일망정 밉지 않은 오후 나절

종로3가 어디서나 이제는 익숙한 풍경
어제의 청년이던 노인들 넘쳐나고
그들이 점령한 도시 발 빠르게 늙어간다

겨울 묵화

눈 내리는 강의 하류
고요의 눈빛이 시리다

물오리들 삼삼오오
수면을 펼치더니

언 강에 물갈퀴 걸고
난을 치는 모습이다

여름 저녁

술에 취한 남자가
치킨 조각을 물어뜯는다

더위에 지친 도심 공터
고양이들 어슬렁대고

남자는
늙은 왕처럼
뼈다귀를 던진다

생각의 거미줄

늦가을 산중 암자에
나무들이 옷 벗는다

지우려면 달라붙는
생각의 거미줄아

처마 끝 풍경 소리에
파문 내며 퍼져간다

번데기 와불

고향을 등진 사람들 이렇게 모였구나
좌판을 벌여놓고 살아가는 시장 입구
밭고랑 김매던 손이 번데기를 퍼 담는다

한참을 바라보니 소처럼 순한 눈망울
가끔씩 그렁그렁 눈물을 머금지만
소나기 스쳐 지날 때 그 얼굴을 헹군다

낯설고 물도 선 변두리 지하 셋방
온가족 누이고도 한 뼘쯤은 남은 자리
팔다 만 마른 번데기, 이 시대 와불이다

3부

시간의 바깥

여기를 놔두고
가고자 한 그 어느 곳

한생을 닦아놓은
순백자 항아리에

술 몇 잔
뿌리고 가는
환승이다 거기로

따스한 풍경화

몇 개 달린 붉은 감을
잠자리채로 엮는 부자

건너편 풍경들이
내 마음에 시시비비

때때로
부엌 창밖은
따스한 풍경화다

소나기 뒤

채울 길 없는 갈증 목을 축인 저 목련

패대기친 치맛자락 얼굴의 생채기가

사랑을 잃어버린 날의 뒷모습만 같구나

달 울음

적멸보궁에서 바라보는 도도한 보름달

하늘땅이 무너지고 알 수 없는 내가 된다

달빛에 몸을 드러내는 적멸보궁 달 울음

별사別辭

우지끈, 엿을 먹다
딸려 나온 금 쪼가리

어금니를 보듬으며
수십 년 버티더니

더 이상
못 참겠다며
반기 들고 장렬하게

소울카페*

앞치마 돌돌 말며 몸짓 다해 웃는 얼굴

생각 속에 잡티 하나 안 섞인 말투 너머

주문을 받는 표정에 봄 바다가 출렁인다

썰물 뒤 갯벌 곳곳 술래잡기 한창이다

혓바닥 쏙 내밀고 조개들이 숨어들듯

도시에 들어온 바다, 하늘나라 별꽃들

* 정신지체아 자활을 위해 운영하는 카페.

그래그래

별것 아닌 일인데도
가슴을 치고 간다

내 것인 줄 알았는데
내 것이 아니었나

서늘한 가슴 밑바닥
새로 솟는 기쁨의 샘

단순함을 위하여

강물은 꾸벅 졸고
봄 하늘이 희뿌옇다

걸어 잠근 창문 틈에
외출을 꿈꾸다가

황사에 망가진 날이
무릎 꿇고 다소곳이

몇 잎

발길 오래 붙잡던 골목길 낮은 화단

누군가 버린 화분이 꾸벅대며 졸고 있다

가을비
추적거리자
눈을 뜨는 국화 몇 잎

난지도 억새

쓰레기 더미 가까이에 숨죽이고 있었다

햇빛 한 줌 고이 받아 상처를 다독였다

긴 여정 폭풍의 길도 기꺼이 흔들리며

마음을 닮아가면

마음이 닮아가면
얼굴도 닮아간다

매일을 기도 속에서
만나 뵈는 그분이면

내 평생 닮고픈 얼굴
단 하나의 당신 얼굴

마리아 막달레나

이름 부르는 그 목소리에
마음의 눈이 뜨여

치유된 상처마다
꽃으로 핀 믿음과 사랑

부활의 축복된 순간
오롯이 지켜봤다

4부

부활의 꽃

로마로 가는 길
허물어진 건축물 사이

순교자 살아온 듯
개양귀비 붉디붉다

순례지
밟히고 밟혀도
활짝 핀 부활의 꽃

새벽 배달

환경을 탓할 거 있나
내 하기에 달렸지

처음부터 몸에 익힌
긴긴 외로움의 길

비탈진
골목길마다
서걱이는 별빛 소리

어부 면학

-중국 계림에서

가마우치 목을 실로 묶어
물은 고기 못 넘기고

뱉으면 주워 담는
그 옛날 고기잡이

지혜는
약탈과 더불어
살지어져 가는 걸까

고기의 주인

고기 잡는 어부가
고기 주인 아니듯이

고기 먹는 사람이
고기 주인 아니듯이

고기가 제 몸을 바쳐
주인 되는 묘한 섭리

늙은 어부

한때 유명한 뱃사공이었던 늙은 어부

대를 이을 이가 없어
고기를 잡지 못하네

배에서
모델과 찍힌 사진
빠진 잇새 웃음 새네

툭툭이를 모는 미소 천사

유적지 보호 위해 차량 출입 제한하는

타프롬 사원*에선 툭툭이가 오토바이

열여섯 미소 천사는 맨머리로 운전한다

한 달 월급 십 달러에 가족을 짊어져도

환히 웃는 얼굴로 환한 세상 본다

미소불 헬멧을 위해 작은 마음 건네지고

* 자야바르만 7세가 앙코르톰을 만들기 전 모친을 위해 만든 불교 사원.

타프롬 사원에서

거대한 나무뿌리가 둘둘 말고 자라 올라
돌과 함께 어우러져 자연이 된 사원이여
그대로 부서진 채로 순명하듯 살아간다

텅 빈 하늘 자리 갈라진 틈 통곡의 벽
바람의 방향인가 손가락 표지도 없는
뼈대만 덩그렇게 남은 무위無爲에 나도 들다

로제트*

입문하여 이제 겨우
그 맛 좀 알려는데

큰 효험 본 듯하여
나 홀로 착각이다

펜 놓고 몇 달을 쉬니
말짱 도루묵인데

밟혀도 눈이 와도
오롯이 견뎌내는

땅바닥 블록 틈새
살아 나온 앉은뱅이 꽃

로제트
무적의 친구

저 꽃에게 배운다

* 겨울을 이겨내는 식물들.

칠월 연꽃

진흙 속을 훤히 비출
타오르는 꽃잎들

초록 바람 불러들여
속속들이 피는구나

받쳐 든
공양의 얼굴
구김 한 점 없구나

걸음과 거름

뒤뚱대던 어린애가
넘어져 울고 있다

보고 있던 아이 엄마
"뚝 그치고 일어나봐"

부모는
자식의 걸음
꽃피우는
거름이다

예전에 내가 그랬듯

예전에 내가 그랬듯
우리 딸이 따라 하네

우리 딸 그리했듯
우리 손주 그리하네

그러니 예쁜 모습만
보이고 또 보일밖에

고추잠자리

여름 나기 지쳤는지
수척해진 가을 초입

더듬이 곤추세우고
떼 지어 날아간다

가을 길
열어주는가
하늘도 새파랗다

감자꽃

북해도 벌판에는
낮에도 별이 뜬다

하얀 꽃 빛나는
사다리를 올려놓고

하지가 지나간다고
재촉하는 새 울음

5부

정물화

겨울 강 문을 닫고
절집도 고요하다

바람도 일바람이
풍경을 치고 가고

시간을
낚아채듯이
청둥오리 두어 쌍

사월과 오월 사이

심지에 불붙이고
까불대는 풀꽃끼리

수인사 한창이다
사월과 오월 사이

한 달은
묵어갈 낌새
민들레도 수염 풀고

농부의 고단한 손
빈 들이 바빠지고

초록빛 그림물감
여기저기 덧칠한다

신천지

어서 오라고
햇살도 쟁쟁하다

아직도

아픈 다리 끌어가며
늙어가는 딸을 위해

이밥에 홍어찌개에
한 상 차린 어머니

모든 걸
다 퍼주고도
줄 것 또 남았는지

자투리 천

바느질 솜씨 좋은 젊을 적 우리 엄마
이불집 자투리 천 오며 가며 모아다가
마음을 이어 붙이던 무지개색 꽃이불

세월에 바랬어도 그 정성은 윤기 더해
우리 아가 잘 자거라 덮어주고 거둬주니
이제는 헝겊만 봐도 오방색 웃음이다

청출어람

언젠가 나의 스승이
청출어람이라 기뻐하셨듯

내 제자도 언젠가는
청출어람 되기를

간절히 비는 마음이
나를 또 북돋운다

멋진 풍경

매일 저녁 들리는 기도
"은총이 가득하신 마리아여"

안수하는 성모상 앞에
묵주 알만큼 많은 신자들

성당이 환해지는 시간
저녁 여덟 시 환한 미소

새로 오신 신부님이
만들어낸 멋진 풍경

사연 많은 성모상을
기도처로 바꾸어놓은

바오로 본당 신부님
예수님이 보낸 일꾼

주님도 땀 흘리시나요

눈 뜨면 양손이 다
컴퓨터 앞에 잡혀 있다

아날로그 벗어나려
안간힘을 하는 중인데

디지털 따라가기도 전
알파고가 덮치다니

이세돌도 땀 흘리는
컴퓨터의 승전고

이 세상이 빠르게
기계에 먹혀간다

주님도 땀 흘리시려나
요즘 세태 보시면서

나쁜 신부?

성당 뒷길 쓰레기터
국화꽃이 환하다

부임하신 새 신부님
첫 번째로 해낸 일

주민들 난리가 났다
나쁜 신부 왔다고?

자기 집 쓰레기를
슬며시 갖다 놓던

편리함이 사라지니
성당 신부 흉을 본다

세상을 바르게 사는
이치를 모르는 듯

청국장 신부님

신부님은 어디서나
만인의 연인이다

강원도 산속에서
세계로 손을 뻗어

가루로 풀어 헤치는
작으나 더 큰 사랑

청국장 만방에 알려
강원 마을도 살리고

문인회 사무실 기금에
청국장을 베푸시다

무거운 짐 진 자들아
누구든 오십시오

작은 체구 어디서나
덥석 내주는 큰마음

어디 가나 환영받는
내어주는 사랑이

예수님 사랑의 뜻대로
실천하는 신부님

예, 여기 있습니다
– 김범준 세례자 요한 신부님 서품에 부쳐

목자를 따르는 순량한 양처럼
그 품이 그리워서 "예, 여기 있습니다" 하고
믿음의 아브라함 따르려 여기에 섰습니다

부활의 흰 옷자락 그 품이 그리워
자신도 버리고 마음도 버리고
오롯이 주님 뜻으로 살겠다는 그 마음

그 울림 크고 넓게 세상을 돌고 돌아
비로소 오늘 여기 잠실벌에 섰습니다
부활한 세례자 요한 신부님 태어나게 하십니다

벙싯대는 해님처럼 햇살 고루 펼치시어
우리 모두를 우러르게 하시던 김범준 부제님
예수님 충직한 대리자로 부활하는 '이천칠년 칠월 육일'

말씀 따라 살아갈 순례자의 긴 여정

가파른 비탈길과 깊은 수렁 만나도
마음이 입고 계신 성의 자락 더럽히지 마소서

승천의 기쁨만 열망하는 하루하루 되시며
가상칠언 하나하나 지표로 삼으시고
높낮음 승화된 믿음 속에 자유 은총 누리소서

주님 안에 처음의 희망이 떨림으로 자리 잡아
주님 영광 드러내는 좋으신 신부님 되소서
영혼의 구원자로서 좋으신 목자 되소서

한 그루 큰 나무 되다

－박준호 신부님 축일에 부쳐

어느 날 함열*에 무지개 뜨더니
축복받은 새 생명 큰 울음 터트리다
그 아이 바오로로 명하여 큰 나무 되었네

외국 신부님이 사목하던 성당에 다니면서
정확한 발음으로 강론하고 성가 부르는
신부가 되어야겠다는 큰 꿈을 꾸었는데

곧고 크게 자라서 사제로 부름 받았고
주님의 대리자로 푸르른 가르침 주시며
고달픈 이들에게는 위트 넘치는 유머도

강론도 노래 섞어서 알아듣기 쉽게 하며
어르신께는 보살핌으로 아이에게는 초콜릿 사랑으로
헛것을 따라다니지 않도록 큰 기쁨을 주시네

* 전북 익산시 함열읍.

그래도 힘내라고

황금돼지띠 열 살짜리 귀하다는 아이들
천진난만 앞뒤 없이 떠들고 아우성이다
레지오 성모님 군대로 샛별처럼 빛난다

보석을 갈고 닦아 세상의 빛 만들려는
신부님 수련의 힘 땀나고 지치건만
아이들 아랑곳없다 신이 나는 어린이

성미 급한 아낙처럼 쌓았다가 허물며
아이를 키우는 일 힘듦을 직시한다
예수님 빙그레 웃으신다 그래도 힘내라고

깨달음과 그리움 사이에서 피어나는 '신성한 것'

유성호 **문학평론가 · 한양대 국문과 교수**

1

대체로 낱낱의 서정시편에는 시인 자신이 직접 겪은 절실한 경험은 물론, 시적 대상을 향한 시인의 한없는 매혹과 열망이 압축되어 담겨 있게 마련이다. 이를 두고 우리는 오랫동안 서정시가 가지는 '동일성同一性 원리'라고 관행적으로 명명해왔다. 그리고 독자들은 이러한 시인의 각별한 경험적 토로를 통해 자신의 삶을 반성적으로 반추해보기도 하고, 새로운 세계에 대한 간접 경험을 풍요롭게 부가해가기도 한다. 따라서 서정시는 근본적으로 시인과 독자 사이의 경험적 소통을 전제로 하는 매우 특수한 담화 양식이라고 할 수 있다. 그 가운데 '현대시조'는 이러한 동일성 원리를 극대화함으로써 최대치로 소통 지향성을 실현해온 양식의 역사를 가지고 있다. 이번에 우리가 읽게 될 김선희의 신작 시조집 『낮은 것이 길이다』는 이러한 현대시조의 소통 지향성을 매우 근원적인 지점에서 보여주는 뜻깊은 실례라고 말할 수 있을 것이다.

이번 시조집을 읽으면서 우리는 김선희 시인이 자신의 경험을 시적 문맥으로 자연스럽게 흡수해 들이면서 거기에 자신만의 깊은 해석을 얹어가는 안목을 신뢰해도 좋을 것 같다는 인상을 받는다. 그만큼 그녀의 시편은 독자들을 동화同化의 세계로 이끌어가는 청신한 흡인력을 가지고 있다. 또한 그녀의 시편은 시인 자신이 겪은 남다른 경험의 너비와 깊이를 함유하고 있어서, 우리로 하여금 그러한 시인 자신의 흔치 않은 시적 경험에 동참하게끔 해주고 있다. 그 경험의 내질內質이란, 인생론적 성찰에 바탕을 둔 깊은 '깨달음'과 오랫동안 거쳐온 대상들을 향한 한없는 '그리움'으로 모아지는데, 그만큼 김선희 시조는 '깨달음'과 '그리움' 사이에서 발원하는 어떤 세계라고 할 수 있을 것이다. 언젠가 체코 소설가 쿤데라M. Kundera는 시 쓰기를 일러 "존재의 한 순간을 영원히 잊을 수 없는 순간으로 조소彫塑하는 일"이라고 말한 적이 있는데, 비유하자면 이번 시조집은 김선희 시인의 '존재의 한순간'을 섬세하게 응축해낸 '잊을 수 없는 순간'의 한 풍경으로 다가온다 할 것이다.

2

　그동안 김선희 시편은 삶의 근원적 가치와 질서를 상상적으로 구축하고 탈환하는 데 매진해왔다. 더불어 그녀의 시편은 우리의 삶 가운데 이성적 규율로는 도무지 파악할 수 없는 실존적 상처에 대해 노래하면서, 그 상처를 치유해가는 힘이 역설적이게도 가장 친숙하고도 일상적인 비의秘義에서 나오는 것임을 첨예하게 증명해왔다. 이번 시조집 역시 잔잔하지만 그 나름의 치유의 격정을 얹고 있어, 오랜 자기 성찰을 통한 '깨달음'의 시학으로 명명할 만한 무게와 질감을 견지하고 있다. 다음 시편들을 먼저 읽어보자.

　　길옆의 길 무시하고
　　종횡무진 누빈 시간

　　길 위로 뻗은 길들
　　하나둘 철거되자

하늘도
숨통을 튼다
낮은 것이 길이다
– 「낮은 것이 길이다」 전문

반쯤 물어 올린 꽃잎 한 장 띄워놓고

기쁨이란 나눠주는 것 소중한 그 한마디

초저녁 남빛 하늘에 밑줄 긋는 초승달
– 「밑줄」 전문

    시집 표제작이기도 한 앞의 시편에서 시인은 그동안 "길 옆의 길"과 "길 위로 뻗은 길"을 종횡무진으로 지나왔음을 고백하면서, 그 길들이 모두 사라지고 난 후의 새로운 길을 "낮은 것"에서 찾는다. "낮은 것"에서 비로소 하늘도 숨통을 트고, 시인은 '길'을 발견해가는 것이다. 어쩌면 아찔한 속도로 질주해온 우리 근대사에 대한 반성이기도 할 이 "낮은 것"을 향한 간절한 목소리는, 그 점에서 단연 성찰적인 '깨달음'의 과정을 품고 있다. 그야말로 "낮은 것"이 길이다. 그런가 하면 뒤의 시편에서는 "초저녁 남빛 하늘에 밑줄 긋는 초승달"을 통해 "기쁨이란 나눠주는 것"이라는 소중한 잠언箴言을 건져 올린다. 초저녁 하늘에 올려진 "반쯤 물어 올린 꽃잎 한 장"은 바로 그 '깨달음'을 가능케 해준 선명하고도 낮은 이미지일 것이다. 이처럼 김선희 시인은 '낮아지면서 나누는' 삶의 소중한 가치를 발견해간다. 그 과정이 단아한 단시조 형식으로 들어앉아 있는 것이다.

　　　自身이 누구인지
　　　낯설고도 낯선 날

　　　이스트에 빵 부풀듯
　　　발효되는 궁금증이

　　　마음속
　　　분신을 꺼낸다
　　　너와 내가 다르다
　　　　－「거울 속으로」 전문

　　물거울에 반사되어 대칭을 이룬 그림

위아래 꽃잎 중에 어디가 진짜일까

앎이란
눈에 보이는 게
허상임을 깨닫는 일

기억이란 지우개처럼 닳아지기 마련이라

사라져버리고 말 우리들 이 순간을

헛되다
말하지 않는
빛 혹은 그림자
　　　　　　－「빛 혹은 그림자」 전문

　이번에는 낮고도 섬세한 일종의 자기 탐구의 흐름을 보
여주는 사례들이다. 원래 '거울'이란 피사체로서의 자신을
바라보는 물리적 도구이다. 그래서 시인이 거울 속으로 들
어가는 것은 또 하나의 자신을 만나는 일일 것이다. 시인은
거울에 비친 자신이 "낯설고도 낯선" 존재라고 말하는데,
바로 그 순간 시인은 "마음속 / 분신"을 꺼내 '나'와 거울 속

의 '너'의 다른 모습을 확인하게 된다. 그 '다름'이야말로 거울 속의 존재가 자신의 파생적 왜상歪像이요 새로운 자아를 은유하는 형상이라는 뜻을 함축하게 되지 않는가. 그다음 시편에 나타난 것은 "물거울에 반사되어 대칭을 이룬 그림"이다. 이 반사와 대칭의 변형은 그 자체로 "앎이란 / 눈에 보이는 게 / 허상임을 깨닫는 일"임을 알려준다. 나아가 시인은 "기억이란 지우개처럼 닳아지기 마련"이어서 결국 사라져버릴 한순간일지라도 "빛 혹은 그림자"를 통해 그 시간이 헛되지 않음을 강조한다. 그 순간의 빛과 그림자를 담은 것이 김선희에게는 "평생을 / 올려다본 시"(「해바라기」)였을 것이다. 비록 "생각 없이 주고받던 말들이 칼날"(「비수」)이었을지라도 거기에는 이러한 상처와 치유의 과정이 깊이 담겨 있게 된다.

이처럼 김선희의 시조 미학은 정형 양식이 견지하게 마련인 단아한 질서를 크게 존중하고 수렴한다. 그만큼 그녀의 시편은 정형의 울타리 안에서 정서적 활달함을 구가하고, 나아가 내면의 간단치 않은 파동들을 정형 안에서 역동적으로 담아내고 있다. 무시무종無始無終의 시간 속을 차랑차랑 흘러가면서, 사물들끼리 부르는 풍경과 깊이 하나가 되면서 내면에 오래 삭힌 시간을 하염없이 보여준다. 그 점에서 김선희 시인은 오랜 시간 속에 존재하는 자신의 기억을 힘겹게 끌어내면서 아름다운 '깨달음'의 서사를 우리에게 선사하고 있다 할 것이다.

3

그런가 하면 김선희의 이번 시조집은 원형적 대상에 대한 가없는 '그리움'의 세계를 노래하고 있다. '그리움'이란 부재하는 대상에 의해 생겨나는 결핍의 정서를 말하지만, 달리 생각해보면 '그리움'이란 그 안에 대상에 대한 간절한 집착을 숨기고 있는 것이 아니겠는가. 하지만 '그리움'은 그 자체로 삶의 형식을 구성할 뿐이지, 대상을 실제적으로 만날 것을 욕망하지 않는다. 김선희는 대상이 현실적으로 나타날 것에 대한 욕망을 노래하지 않고, '그리움' 자체가 삶의 불가피한 형식임을 노래하는 시인이다. 그 점에서 김선희 시편의 특징은, 우리가 주변에서 흔하게 목도할 수 있는 사물이나 풍경을 인생론적 그리움으로 치환하는 상상력을 줄곧 보임으로써 오랜 시간 속에 깃들여 있는 기억을 향한다는 점에 있을 것이다. 이로써 그녀는 시간의 깊이에 대해 사유하며 시간의 다양한 형식을 집중적으로 표현한다. 그래서 우리는 그녀를 일러 시간을 통해 인생론적 사유에 가 닿는 시인이라 불러도 무방할 것이다. 이때 그녀가 가 닿는 대안對岸은 바로 '시인 김선희'를 가능케 했던 '기원origin' 같은 것일 터이고, 그 실제 모습은 '어머니'라는 형상으로 나타난다.

아픈 다리 끌어가며
늙어가는 딸을 위해

이밥에 홍어찌개에
한 상 차린 어머니

모든 걸
다 퍼주고도
줄 것 또 남았는지
　　　　　　　　－「아직도」 전문

바느질 솜씨 좋은 젊을 적 우리 엄마
이불집 자투리 천 오며 가며 모아다가
마음을 이어 붙이던 무지개색 꽃이불

세월에 바랬어도 그 정성은 윤기 더해
우리 아가 잘 자거라 덮어주고 거둬주니

이제는 헝겊만 봐도 오방색 웃음이다

—「자투리 천」 전문

앞의 시편 제목 '아직도'는, 어머니가 가지고 계신 항구적 동일성을 말해준다. 어머니는 '아직도' 딸에게 "모든 걸 / 다 퍼주고도 / 줄 것 또 남았는지"를 생각하시는 분이다. 물론 어머니도 딸도 이제는 함께 늙어간다. 하지만 아픈 다리를 끌면서도 "이밥에 홍어찌개에 / 한 상 차린" 정성과 사랑이 야말로 어머니의 가장 분명한 초상으로 시인의 기억에 남아 있다. '아직도' 말이다. 그런가 하면 뒤의 시편에서는 "바느질 솜씨 좋은 젊을 적 우리 엄마"가 오랜 시간을 역류하여 재현되고 계시다. 어머니는 "이불집 자투리 천"을 모아 "무지개색 꽃이불"을 만드셨는데, 어쩌면 그것은 마음을 이어 붙이는 일이기도 했을 것이다. 그 이불이 이제 세월에 바래졌지만, "그 정성은 윤기"를 더해가고 있다. 어머니의 정성이 "오방색 웃음"으로 유전遺傳되어가는 시간의 형식을 시인은 이렇게 노래한 것이다.

마당 지나 빈집 같은 먼지 쌓인 대청마루

어리광 부리듯 엄마 부르는 소리에

헐렁한
파마머리를
갈퀴질하며 나서는 이

봄이 와도 겨울 같은 계절만이 서성대고

영역 다툼에 밀려버린 마당가 잡초처럼

말없이
닳은 무릎을
쓰다듬는 어머니
　-「기다린다는 것」 전문

　다시 한번 어머니를 대상으로 한 이 시편에서 시인은 "헐
렁한 / 파마머리를 / 갈퀴질하며 나서는 이"나 "말없이 / 닳
은 무릎을 / 쓰다듬는 어머니"를 표상한다. 그 어머니가 살
고 계시는 "마당 지나 빈집 같은 먼지 쌓인 대청마루"나 그
곳에 있는 "영역 다툼에 밀려버린 마당가 잡초"는 모두 어
머니의 늙어가시는 시간을 공간적으로 은유한다. 하지만 화
자인 딸은 여전히 "어리광 부리듯 엄마 부르는 소리"로 "봄

이 와도 겨울 같은 계절만이 서성대"는 어머니 처소를 찾는
다. 어머니는 그렇게 "처음부터 몸에 익힌 / 긴긴 외로움의
길"(「새벽 배달」)을 걷고 계시며 기다리고 또 기다리신다.

이처럼 시간의 형식에 대한 심층적 고찰과 표현은 김선
희 시조의 오랜 목표이자 존재 근거가 되어왔다. 그래서 그
녀의 시조는 기억을 통한 시간 해석에 의해 구축되면서, 자
신의 시편이 결국 사물을 재현해내는 기억 행위의 결과임
을 증명해간다. 어떤 순간을 포착하여 그것을 존재의 오랜
기억으로 환치하는 시작법이 여기서 비롯되는데, 그만큼
외따로 떨어져 있던 사물과 사물 사이에 연쇄적 연관성의
파동이 나타나는 것도 김선희만의 선명하고도 깊은 기억의
매개 때문일 것이다.

4

김선희 시인이 이번 시조집에서 한결같은 주제로 삼고
있는 '그리움'은, 거기에 아름다운 시적 의장意匠을 부여하
는 힘과 합쳐지면서 근원적으로 '기억'이라는 끈질긴 행위
를 생성해낸다. 원래 '기억'이란 주체의 적극적, 창조적, 조
절적 기능의 일환으로서, 통일되고 일관된 주체의 감각과

사유 구조를 드러내는 기능을 떠맡는다. 그런가 하면 우리
는 기억을 거치지 않고는 주체를 경험적으로 회복할 수 없
고, 그 회복의 과정을 결코 표현할 수 없다. 하지만 기억이
란 나날의 일상을 규율하고 관장하는 합리적인 운동 형식
이 아니다. 차라리 그것은 고고학자의 눈길처럼, 지금은 화
석의 형식으로나 있을 법한 과거를 재현하고 그때의 한순
간을 정서적으로 구성해내는 힘을 함축한다. 그래서 기억
이란, 동일성의 원리에 의해 발원되고 구축되는 시적 언어
의 배타적인 구성 원리가 된다. 우리가 '회감回感'의 원리가
서정시의 핵심이라고 말한 독일 미학자 슈타이거E. Staiger의
이론을 순연하게 긍정할 수밖에 없는 것도, 김선희 시조가
보여주는 이러한 구심적 기억의 속성 때문일 것이다.

　　축제 뒤의 빈 잔처럼 해맑간 하늘 아래

　　제 빛깔을 쏟고 있는 나무와 풀잎들이

　　중년을 알려주는가, 가벼워지는 몸피
　　－「11월」 전문

　　눈 내리는 강의 하류

고요의 눈빛이 시리다

물오리들 삼삼오오
수면을 펼치더니

언 강에 물갈퀴 걸고
난을 치는 모습이다
―「겨울 묵화」전문

　이 늦가을과 겨울의 삽화를 담은 단시조 두 편은, '중년'
혹은 '고요의 눈빛' 같은 가라앉은 시간을 잡아내고 있다.
"축제 뒤의 빈 잔처럼 해맑간 하늘 아래"에서 지상으로 자
신들의 빛깔을 쏟고 있는 나무들은 곧바로 인생의 '중년'을
비유하면서 몸피를 가볍게 해간다. 그런가 하면 한겨울 눈
내리는 강 하류에서 만져지는 '고요의 눈빛'은 "언 강에 물
갈퀴 걸고 / 난을 치는 모습"을 '겨울 묵화墨畫'로 산뜻하게
규정하는 데로 나아간다. 모두 시인의 기억이 심미적 풍경
을 건져 올리는 순간을 보여주는 사례들이다.

　고향을 등진 사람들 이렇게 모였구나
　좌판을 벌여놓고 살아가는 시장 입구

밭고랑 김매던 손이 번데기를 퍼 담는다

한참을 바라보니 소처럼 순한 눈망울
가끔씩 그렁그렁 눈물을 머금지만
소나기 스쳐 지날 때 그 얼굴을 헹군다

낯설고 물도 선 변두리 지하 셋방
온가족 누이고도 한 뼘쯤은 남은 자리
팔다 만 마른 번데기, 이 시대 와불이다
  ─「번데기 와불」전문

한발 더 나아가 김선희 시인은 '중심'에 편입되지 못하고
철저하게 '주변'에서 서성이는 버려진 존재들에 대한 강렬
한 연민과 애정을 보이고 있는데, 이것은 우리 시대의 주류
를 형성하고 있는 권력이나 자본의 논리에 대한 김선희식式
시적 대항 논리라고 할 수 있다. 이처럼 버려지고 소외된 존
재들의 가치를 옹호하는 시적 인식은 김선희 시편을 떠받
치고 있는 매우 중요한 코드이다. 여기서 그녀의 시선에 들
어오는 이들은 "고향을 등진 사람들"인데, 시장 입구에서
좌판을 벌여놓고 살아가는 이들은 "밭고랑 김매던 손"이
도시로 들어와 번데기를 퍼 담는 손으로 바뀐 존재들이다.

그들은 "소처럼 순한 눈망울"로 "그렁그렁 눈물"을 머금으면서 "낯설고 물도 선 변두리 지하 셋방"에서 가족들 누이고 남은 한 뼘 넓이에 누워 있을 뿐이다. 김선희 시인은 이들을 "이 시대 와불"로 명명한다. 여기서 우리는 소수자의 형편과 처지를 따듯하게 바라보는 시인의 마음과 "세상을 바르게 사는 / 이치를 모르는"(「나쁜 신부?」) 우리 세대에 던지는 그녀의 고언苦言을 함께 만나보게 된다.

5

사실 삶의 중요로운 경험의 일부를 자신만의 언어를 통해 세상에 남기는 일은, 이 시대의 마지막 '남은 자'들인 시인들에게 부여된 남다른 특권일 것이다. 김선희 시인은 이러한 실존적 특권을 성실한 자기 탐구와 강렬한 근원 지향성을 통해 일관되게 표현함으로써, 우리 시대의 대안적 지향이 어디에 있어야 하는지를 끊임없이 암시하고 있다. 언뜻 보아 다양한 경험과 주제로 짜여 있는 듯 보이는 그녀의 이번 시조집은, 결국 자기 탐구와 근원 지향성이라는 강력한 구심적 원리에 의해 응집되어 있는 셈이다. 결국 충실한 자기 탐구는 자신의 뿌리가 되는 근원에 가 닿고자 하는 불

가피한 꿈과 연결되어 있는 것인데, 김선희 시조는 이러한
꿈의 불가피성과 강렬함 사이서 발원하는 세계인 것이다.
그리고 그 동력은 궁극적으로 '신성한 것'을 향해 서서히 번
져가게 된다.

가난도 배부름도
내색 않는 신의 사랑

무덤을 비워놓은
그 뜻을 이제 안다

안 봐도
길이 보이는
믿음이란 그런 것

처음도 끝도 없이
시작되는 사랑의 힘

펼칠 때 힘보다는
움켜쥘 때 힘이 세

비워야

나눔인 것을

손을 보고 깨닫는다

    −「비움에 대하여−부활절에」전문

   부활절에 부르는 이 노래는 김선희 시인이 오래도록 "말씀 따라 살아갈 순례자의 긴 여정"(「예, 여기 있습니다」)에 들어서 있음을 보여준다. 시인은 가난도 배부름도 모두 "신의 사랑"의 결과이며, 그것은 내색도 없이 무덤까지 비워놓은 채 다가오는 것임을 노래한다. 텅 빈 무덤의 뜻을 이제야 헤아리게 된 시인은 "안 봐도 / 길이 보이는" 것이 믿음임을 고백하는데, 어쩌면 "처음도 끝도 없이 / 시작되는 사랑의 힘"도 이러한 믿음과 결합하여 더 큰 것으로 확장되어가는지도 모를 일이다. 그래서인지 시인 자신도 "펼칠 때 힘보다는 / 움켜쥘 때 힘이 세"다고 말하지 않는가. 마찬가지로 "비워야 / 나눔"이 될 수밖에 없는데, 이처럼 김선희 시인은 신앙적 자아를 통해 "나의 주님께 나를 바쳐 / 사랑의 힘이 되기를"(「섬김 하는 나 되기를」) 희원한다. 더불어 그것은 "치유된 상처마다 / 꽃으로 핀 믿음과 사랑"(「마리아 막달레나」)이기도 할 것이다.

107

너무나 먼 그대를
품어 안은 밤입니다

목을 길게 빼어 물고
아니, 몇은 휘어져서

감춘 맘 어쩌지 못해
비껴 피고 비껴 집니다
　－「꽃무릇 독백」 전문

"너무나 먼 그대"를 "목을 길게 빼어 물고" 기다리면서 '꽃무릇'은 휘어진 채 "감춘 맘 어쩌지 못"한다. 그래서 스스로 비껴서 피고 지는 과정은 대상에 대한 오랜 그리움의 세계일 것이다. 물론 그 "먼 그대"는 지상의 연인이기도 하고, 다가갈 수 없는 천상의 초월적 존재이기도 하다. 이처럼 김선희 시인의 중심적 시 세계는 지상의 혼돈에 대한 안타까움과 성스러움에 대한 열망으로 나타난다. 그와 더불어 그것은 오래된 시간을 자신의 영혼에 쌓으면서 기억의 시적 표지標識를 일구어가고 있는 세계이기도 하다. 이때 김선희 시학은 신앙적 자아의 신성 기투企投와는 전혀 다른 특성을 보여준다. 그것은 신성을 찬미하는 단순성에서 벗어나 이 세계의 혼돈과 시간의 침묵을 읽는 깊은 눈과 관련된 것이기 때문이다.

결국 김선희 시인이 정성 들여 노래하는 권역은 '신앙적 자아'를 내세워 종교적 상상력에 이르는 과정에 있을 것이다. 여기서 '신앙적 자아'란, "마음은 원이로되 육신이 약한" 자를 함의한다. 그 숙명적 연약함 때문에 '신앙적 자아'는 자신이 바라는 바와 전혀 다른 끝없는 과오를 반복한다. 하지만 '신앙적 자아'는 반성과 오류 속에서도 신의 은총을 기도하고 소망한다. 이러한 종교적 역리逆理를 완성시켜감으로써 '궁극적 관심ultimate concern'에 이르는 과정은, 김선희 시인이 가장 정성을 다해 형상화하는 본질적 과제로 등극한다. 그래서 우리는 김선희 시편의 가장 수심 깊은 곳이 바로 이러한 '궁극적 관심'에서 생성되고 있고, 시인은 그 안에서 일종의 자기 구원을 이루려는 희망을 보이고 있다고 말할 수 있다. 그래서 '신앙적 자아'로서의 속성은 그녀의 이번 시집을 이해하는 데 불가결한 측면이라 할 것이다.

6

근원적으로 서정시는 시간에 대한 경험 형식으로 쓰인

다. 그래서 우리는 서정시와 시간이 불가피한 서로의 원질原質임을 여러 군데서 확인하게 된다. 아닌 게 아니라 김선희 시편은 대체로 지나온 시간에 대한 섬세한 경험의 형식을 취하고 있고, 그 가운데 가장 눈에 띄는 것이 기억과 회상의 형식이라 할 것이다. 자연스럽게 원형적 시간에 대한 기억이 그녀 삶의 근원적인 힘이 되고 있는 것이다. 더불어 그녀의 시편은, 서정시의 본래적 기능이 '깨달음'과 '그리움'의 형식에 있음을 재발견하게끔 해준다. 그 점에서 그녀의 시편은 기억 속에 가라앉아 있는 시간의 흔적을 통해 자기 기원을 탐색하는 정성과 열의로 가득 차 있다.

재차 강조하듯이, 일상에서 우리를 가장 강하게 규율하는 것은 '시간'이다. 우리는 '시간'의 불가역성不可逆性 속에서 살아가기 때문에 오직 기억의 재현 작용을 통해서만 시적 현재를 구성할 수 있다. 김선희 시편은 일견 무의미해 보이는 이러한 시간을 충일한 의미로 되돌리면서 자신의 섬세하고도 충실한 기억의 양상들을 집중적으로 보여준다. 그리고 우리는 그녀가 추구하고 탐색하는 궁극적 거처가 형이상학적 충동을 담고 있고, 궁극적으로는 인간 본래의 존재 방식에 대한 철학적 성찰을 동반하고 있다는 점을 적시摘示하면서, '신성한 것'을 지향해가는 세계를 주목하지 않을 수 없다고 부가적으로 말할 수 있을 것이다.

지금 우리는 인간이 공들여 축적해온 온갖 인문학적 가
치들이 폭력적으로 폐기되고 그 빈자리를 온통 자본의 효
율성이 메워버린 시대에 살고 있다. 이러한 시대적 분위기
에 대응하여 김선희의 시조가 항구적인 본래적 가치를 대
안적으로 상상해가는 과정은 매우 자연스럽고 또 소중하
다. 그래서 우리는 이번 김선희 시조집을 통해 '깨달음'과
'그리움'의 투명하고 진솔한 체험적 언어를 만나보게 되고,
그와 동시에 '깨달음'과 '그리움' 사이에서 피어나는 '신성
한 것'을 노래한 그녀의 아름답고 정직한 세계가 앞으로도
오래도록 지속되어가기를, 간절하게 기대하고 또 소망해보
는 것이다.